时间轨迹

孟宪华 —— 著

陕西新华出版
太白文艺出版社·西安

图书在版编目（CIP）数据

时间轨迹 / 孟宪华著． -- 西安：太白文艺出版社，2024.3
ISBN 978-7-5513-2589-9

Ⅰ．①时… Ⅱ．①孟… Ⅲ．①诗集－中国－当代 Ⅳ．① I227

中国国家版本馆 CIP 数据核字（2024）第 055240 号

时间轨迹
SHIJIAN GUIJI

作　　者	孟宪华
责任编辑	蔡晶晶
封面设计	王　正
版式设计	杨　桃
出版发行	太白文艺出版社
经　　销	新华书店
印　　刷	四川科德彩色数码科技有限公司
开　　本	880mm×1230mm 1/32
字　　数	110 千字
印　　张	7
版　　次	2024 年 3 月第 1 版
印　　次	2024 年 3 月第 1 次印刷
书　　号	ISBN 978-7-5513-2589-9
定　　价	86.00 元

版权所有 翻印必究
如有印装质量问题，可寄出版社印制部调换
联系电话：029-81206800
出版社地址：西安市曲江新区登高路 1388 号（邮编：710061）
营销中心电话：029-87277748　029-87217872

序 言

语言的向度和诗的维度

陈巨飞

尽管到了今天,在多元审美的文化背景下,讨论诗歌的标准似乎越来越不合时宜,但"他们"诗群若干年前提出的"诗到语言为止"的著名论断,仍然可以将其看作诗人融入ChatGPT时代的密钥。以此为基础谈论"语言"和"诗"的关系,也许可以暂时消弭"语言"在客观现实下的苍白、徒劳以及"诗"在现代语境中的尴尬处境。

孟宪华诗集《时间轨迹》,读者单从这个书名,就得以洞察诗人对"语言"和"诗"的上下求索。有人认为,时间的方向其实就是熵增加的方向,是朝向前方的、不可逆的;也有人认为时间本身并不存在,它只是三维之外的另一种维度。对于诗人来说,时间就是一列驶向未知荒原的火车,当我们使用"语言"回望过去时,那段"过去"和"现在"之间的轨迹便是"诗"的本身。这也正契合阿赫玛托娃所定义的"回忆即诗"。

从东方《诗经·采薇》中的"昔我往矣,杨柳依依",到西方载着奥德修斯九死一生回到伊萨卡岛的挪西亚号,文学特别是诗学有一个关于"返乡"的传统。在《时间轨迹》中也不例外,对故乡的刻骨眷恋和对亲人的深情凝视,是孟宪华诗歌永恒的母题。故园的青瓦、苍老的槐树、站在旷野上的野菊花、燃烧的高粱地、渐行渐远的老母亲……这些带着诗人特有温度的风景,构成了专属于诗人的"约克纳帕塔法世系",诗人的喜怒哀乐,与故乡的一草一木、与亲人的一颦一笑永远牵绊在一起,纠缠于一生。

雷平阳在《亲人》中写道:"我的爱狭隘、偏执,像针尖上的蜂蜜／假如有一天我再不能继续下去／我会只爱我的亲人——这逐渐缩小的过程／耗尽了我的青春和悲悯。"这是诗人的天职。所以孟宪华不停地将视域投向狭小的"邮票大小的地方",抒写后信息时代弥足珍贵的事物——乡愁。这种反向式的、溯源式的写作,既是对传统的虚心致敬,也是对诗的情感维度的一种丰富:"我用故乡来回答你／请不要用异乡来揣测我／你不知道,一个眼神我就到了末路。"(《我用故乡回答你》)人在异乡,心念故土,只有面对亲人我们才掏出心窝里的话,只要一个眼神,我们就会在回忆中沦陷。但是,每一个故乡都是祖辈流浪的最后一个异乡。同样的,每一个异乡都有可能是后世日夜思念的故乡。我们能做的,只是在不断地回首中慨然向前:"我的心跳／一下在故乡／一下在异城／／故乡的心跳抱着乳名。"(《思念跌进圆圆的月中》)

《时间轨迹》之中,除"时间"这个横无际涯的概念之外,还有一个开阔的"空间"概念——"轨迹"就是"时间"的落脚之处,它本身就是一个虚拟的"空间"形式。《时间轨迹》涉及许多地理空间的挪移,魏氏庄园、太仓、杨柳青小镇……还有"比远方更远"的异域，如肯尼亚、东非大裂谷、等等。这些异乡风物和前文所述的故乡人事构成鲜明对比，构成诗歌文本交相辉映的冲突效果。

"语言"在"空间"的转换中承担起思想的杠杆，突破了言说的使命。诗人的脚步紧贴现实的大地，在行走中不断地思索。诗歌因其思考的深度而充满哲学的力量，从而抚今追昔，思接千载。"那些鱼都潜在桥下／等待灯火，招兵买马／偶尔，汽车的笛声渡过河／短而轻。"（《夕阳下的子牙河》）桥上桥下，俨然两个时空，直钩垂钓的智者远去了，鱼群还在流传那些动人的故事，短促的鸣笛声将我们拉回现场——历史和现实交叠在子牙河上，形成蒙太奇般的诗的幻境。"给草原一个剪影／揭示天空的密语。"（《旷野中的平顶树》）这是诗人在马赛马拉大草原上与平顶树的对话，但不是植物学意义的对话，而是与一种人格、一种精神的对话，是对不惧风雨、忍辱负重、造福于人的"平顶树"的礼赞。"把诗牧在呼伦贝尔草原上／我就是那个还债的牧羊女。"（《夏末海拉尔》）在人与自然和谐统一的时候，诗人在草原上与牧羊女实现了身份互换。这首诗不仅仅是诗人与海拉尔的倾心交流，更可以看作是与自己辽阔内心的一次邂逅。

在孟宪华笔下，"月亮"这一意象反复出现。翻译家刘文飞先生曾言，俄罗斯文学界不能理解中国诗人对"月亮"偏执式的热爱和抒写。其实，这是诗的不可译性造成的——在中国，历代文人墨客乃至每一个普通人，都对"月亮"庞大的文学根系浇灌过情感和意蕴。我也曾说过,"月亮是一个旧词,但前人并未用坏它"。无论是"中秋的一道密令"般的月,还是在"一株树上打坐"的月,孟宪华的"月亮"始终牵系着诗人之心。"今夜,我在龙川一个人静静地想着心事/月亮与唐诗宋词里的月亮融为一枚月亮。"(《龙川晓月》)"我""一个人""心事"是私人的、自我的、个体的,"唐诗宋词"是公共的、大众的、群体的,二者借月亮的永恒和旷远融为一体。这就是偏属于中国人的"月亮"。

月亮从古典中走来,正迈向未知的将来。那么,《时间轨迹》到底是"基于现代的古典性表达",还是"基于古典的现代性表达"呢?我想,这是一个交与读者来回答的问题。语言的向度往往山重水复,诗的维度也经常晦暗未明。也许正因为大家对这一话题的莫衷一是,才成为诗的魅力之所在。

是为序。

(陈巨飞,十月文学院副院长)

目录
CONTENTS

辑一　忽而天涯

凌晨三点 / 003

我是故乡一阵风 / 004

苹果与虫子 / 005

我用故乡回答你 / 006

念起一个人 / 007

刀 / 008

桥 / 009

倚木念双亲 / 010

雪在冬天醒来 / 011

拜师 / 012

心灵的品级 / 013

雪疗 / 014

推敲一场雪 / 015

时间轨迹

下午茶 / 016

风把我抬得高于茅草 / 017

高粱地 / 018

芒种 / 019

每朵云都下落不明 / 020

夏日 / 021

一滴水时间 / 022

告别一座经年的城池 / 023

麦子 / 024

收麦 / 025

家 / 026

失眠 / 027

光阴的黑马 / 028

雨水谣 / 029

有雪自远方来 / 030

忽而天涯 / 031

树是一本教科书 / 032

上岛咖啡屋 / 033

梧桐雨落的时候 / 034

轮椅上的母亲 / 035

在冬的背后 / 036

初冬的颜色 / 037

举手的女孩 / 038

当我们老了 / 039

一瞬 / 040

清明雨里 / 042

老井 / 043

在这个即将挥霍掉的春天 / 044

领一个春天 / 045

思 / 046

村前的老槐 / 047

五谷杂粮 / 048

给冬穿上一小件外衣 / 049

瓷碎 / 050

桥上的灯 / 051

爱下去 / 052

辑二　城邦凤翥

世间之物 / 055

我们一起走进魏氏庄园 / 056

空 / 057

紫藤 / 058

看到一辆清代的轿车 / 059

那些心事高过城墙 / 060

在庄园的视线里谈诗 / 061

孤寂 / 062

一场假寐 / 063

想和你去太仓 / 064

家居在青山绿水之间 / 065

云动山影 / 066

深秋佳色 / 067

每一次抵达都恍若离开 / 068

锡卡的蛙声 / 069

杨柳青小镇 / 070

石家大院 / 072

石家戏楼 / 073

镇前的运河 / 074

杨柳青年画 / 075

约会马赛马拉大草原 / 077

旷野中的平顶树 / 078

东非大裂谷 / 079

初识肯尼亚 / 080

齐长城的砖 / 081

蹴鞠，温存一个地名 / 082

龙川晓月 / 083

双井流泉 / 085

登高独秀 / 086

虎岭松涛 / 087

东宝春云 / 088

紫金晴雪 / 089

奇迈岚光 / 090

九侯叠嶂 / 091

沿着大清河的清澈一路向东 / 092

御河，那一道西青灵动的眉 / 094

夕阳下的子牙河 / 096

古意兴城 / 097

菊花女石像 / 098

在塔山阻击战纪念馆前 / 100

龙回头 / 102

董仲舒 / 104

晏子 / 105

邢侗 / 106

夏末海拉尔 / 107

亲亲呼伦湖 / 108

相会敖包 / 109

草原是诗的另一种存在 / 110

雾凇岛 / 111

苏密枫雪谷 / 112

辑三　月色惊梦

静待暗夜花开 / 115

君若知秋 / 116

深秋劫色 / 117

秋风辞 / 118

秋风翻阅山川 / 119

秋风没有来 / 120

秋深向何处 / 121

我试图把一首诗写成中秋 / 122

在月亮里住下 / 123

致中秋的月亮 / 125

这个中秋节 / 126

思念跌进圆圆的月中 / 127

八月十五在月亮中 / 128

我一直想把中秋写成这样 / 129

在八月的微凉里启程 / 130

在时间的裂口处遇见蝴蝶 / 131

正月十五纪事 / 132

元宵轻叩正月十五的碗 / 133

春回 / 134

春天，我也想绽放 / 135

三月虫事 / 136

画一轮故乡挂心房 / 137

吻月亮 / 138

月光呵…… / 139

那夜 / 140

今夜…… / 141

炉火 / 142

两滴水 / 143

夏至第一候：鹿角解 / 144

夏至第二候：蝉始鸣 / 146

夏至第三候：半夏生 / 147

春天被北方迷住 / 148

春水赋 / 149

被春雨淋湿的守候 / 151

阳气从地底回 / 152

烟火人间 / 153

谁能为一只鸟儿疗伤 / 154

陪母亲晒太阳 / 155

酒是重要的药 / 156

每个人都有一首读给故乡的诗 / 157

点灯 / 158

一无所知的夜 / 159

埋伏 / 160

春天像故事一样 / 161

春天的绿 / 162

定风波 / 163

元宵节 / 164

辑四　花语蝶影

桃花之前 / 167

桃花的姿势 / 168

等爱的花朵 / 169

桃花姬 / 170

与一朵花交谈 / 171

就做一朵迎春的花 / 172

那一刻 / 173

四叶草 / 174

蝴蝶兰 / 175

繁缕 / 176

透骨草 / 177

马鞭草 / 178

美人蕉 / 179

在瓶子里养一枝薄荷 / 180

夏夜，画一枝荷 / 181

我吃过龙葵 / 182

路边的马齿菜开花了 / 183

屋前屋后的蜀葵 / 184

梨花月白 / 185

海棠，在一切思念之上 / 186

母亲的米兰 / 188

夹竹桃 / 189

夏日的虞美人 / 190

使君子 / 191

雁来红 / 192

悬崖上的射干花 / 193

兰草之恋 / 194

淳羽富贵 / 195

曼陀罗 / 197

天堂鸟之花 / 198

还魂草 / 199

九里香之恋 / 200

后记 / 201

辑一

忽而天涯

走不到一个人的心里

就走向了

大海

这滴咸

挡住今生　来世

——《村后的河》

凌晨三点

落花撞钟,飞蛾扑火
不知哪颗星,适合做我的梦
莽撞的笔,跨上夜的马

一个文字一朵花
一行诗歌一条船
词语与金骏眉搭桥
台灯对着眼睛发呆

月夜花朝,一页相逢在路上
我在定风波里续写着乡愁
龙门,那是蒹葭的主题

隔窗,盛开的牡丹是谁的爱情
风把我的水调歌头吹散
不知误入藕花深处的李清照会不会开药
苏东坡的宋词倒是可以救我

我是故乡一阵风

故园的青瓦想萌芽啊
一片片裂开,一层层剥落
檐角的风铃
守着天荒地老
风一来,梦就响了,月光就碎了

这碎碎的月光
就是我的乳名

苹果与虫子

你说你是虫子,那么我就是苹果

我抱着你,这个世界多么温暖
整个的我就是你的了
为了表示我爱你
我愿意拿我的命去换你的命

天天陪着你,寸步不离
让你咬,让你甜
直到我老得只剩下皮包骨头
你依然是我心里的宝

不要流泪,我只要你笑
前世欠你的,今生都还上
来世,你说来世我们还会不会在一起

时间轨迹

我用故乡回答你

掏心为贵。多想故人常在梦里相伴
尚知,你属于江不属于湖
而我,总在朽木可雕里沉醉
一座山下迷路

雨在击打仲夏的鼓,知了还没有叫停雨
"人生三忆。我们的精彩停留在哪一步"
我用故乡来回答你
请不要用异乡来揣测我
你不知道,一个眼神我就到了末路

念起一个人

案桌上的水仙开了
窗台上的君子兰也开了
你把它们摆在一起
像海角的两个人,站在一起
春风骤起,桃花绽开笑脸
沉鱼,或者落雁
一唤,名字就从梦深处醒来
心里的白马脱缰
值得我一唤再唤的人
请给我一个暗示
我愿以诗酒构筑江山,豢养八千里路云和月
三生三世
去换,一条通向你的逼仄花径

刀

切菜切肉切石切水切诗……
切水果切植物切动物
切一切能切的,如草菅人命
一旦停下脚步,就找不到北了
锈迹斑斑,躺在那里
任岁月的风雨宰割

那个曾经提刀的人,开始放下
默默念经,看着屠刀一步步醒悟
等一个故事开始氧化
刀就被点破肉身
立地成佛

桥

俯下身子，弓起背
高过沧海，低过蝴蝶

也许，我不该碰触那一桥心事
过河拆桥的毕竟是少数
谁说"走过的桥，比走过的路多"
谁就会知道岸与岸的手足情有多深
水与鱼的恩爱有多少柔波

搭桥的喜鹊，一直是俊男靓女称颂的佳话
牵线的小丫鬟红娘，至今还活着
虽是桥归桥，爱归爱
断桥却不断情，故事都是美好的
我相信桥是一座菩萨
让世人遇水架桥，让船到桥头自然直

如果你前面有一条大河
你看看是不是有人
在与你逢山开路，遇水搭桥
一同看灞桥烟柳、十里桃花

倚木念双亲

其实，我不想登高望远
不想在枫叶燃起时，种下游子背井情绪
不想拉扯茱萸的怀远，悬挂时令史
父母不在了，家就散了
而一些时光不能重遇

我只想采菊酿酒，追逐一只自由的蝶飞越
秋霜紧跟趋势，像昨天的快乐
一个人左顾右盼，无法摆脱

埋于青山脚下的酒的诱惑
大醉特醉，谁人来接女儿回家
眼前，我也是繁华落尽的山河
一脸泪痕
倚木念双亲

雪在冬天醒来

当雪在冬天醒来
天空让出一个区域的空中管制
对应的大地,拱手江山国土
雪盛开,花自由落体
万物接受一次人之初的洗礼
世界一片纯真、晶莹与洁白
一切都笼罩在童话里了
我也将沐浴更衣
跪在苍茫的原野,接住
这来自天堂使者的问候
并回复一段平静的诗意
你有南方的绿意盎然
我有塞北的天荒地老
——乡,不可换
人,可以赏

拜师

活过这么多年,才知道
拜师易,学技难
拜师多,学到之处少
仿佛这是件可遇不可求的事情
要么技艺太高,令人望而生畏
要么难以糊口,或学而无功
唯有父母,先是教说话
后是教识别家雀和老鹰,以及生存的技能
还有大树和小草,各自身怀绝技
不用我厚着脸皮乞求,就能成为它的门生
天地乃大儒,我始终心存敬畏
不敢明拜,只能在风雨雷电和荣枯轮回中
学习生死

心灵的品级

习惯把自己放在时间上
称量　看那些曾经的过往
是否丢失了敬畏　慈悲和宽容

云淡风轻的日子
把梦放养在河里
等待回归大海的季风
失落多愁的时候
躲进漫漫的冬
泅渡

雪疗

雪是花的另一个样子,出现在树上

窗下的路是一块画布
往来过客皆涂上一笔
画着画着,天就黑了
画着画着,人就没了

抱着空寂站在雪里
我是白雪加身的帝王
途经的树木　房屋　道路都是我的臣民

另一个我,是悬崖面壁的修道者
混进雪林,让雪把自己变成一棵树
看一场雪,越来越小,小到一个人的心里
小到天地间名利俱静
只剩下日月江河
只剩下童年的我

推敲一场雪

这些上天派来的候鸟
竟然衔来
这场多年不遇的大雪

我看到天平微微倾斜了一下
它的洁白　竟然
压垮一棵树
击倒一个人

下午茶

趵突泉遇见宜兴紫砂
鸟鸣遇见云朵
这个下午,是一壶珍藏的新茶

舒展的叶片是草木盛开的魂魄
一缕叹息,一缕茶香
几乎忘了,此时人在天涯

窗外,一抹飞白
时光老了。半盏茶里浮动着
你的青春
我的下半生

风把我抬得高于茅草

风把我抬得高于茅草
也会,把我摔得比茅草还低
这样的事,我们有时不懂

你不知,每一阵风都怀揣心事
每一阵风都下落不明
而每一棵草从来都是坚守阵地

风起了,你才能看到或者感觉到
风,是个不确定的载体
我们在外因与内因掰腕中力决胜负
甚至,大多数时间与茅草平起平坐

流落他乡。知天命已过
我时常静等一阵风
从天边飘来,母亲晚餐玉米的清香
而我,越来越像一棵茅草喜欢着风
却再也不想,被风抬高

高粱地

桃黍地长不出桃子
当明白这个道理,我离开故乡已有多年

青纱帐藏有多少故事
高粱地知道,不说
当高粱成了隐喻体,高粱地
就不再是高粱地
大刀、长矛、土枪……
不见了,但补钙壮骨从未缺失

举着火把的高粱,曾把
东方的一片天空烧红
却没有烧热红土地黑土地黄土地
传奇的高粱越来越少
顶着高粱花长大的人越来越少
而高粱酒越来越香,醋越来越酸

芒种

当芒遇到种
大杏的金黄遇上小麦的金黄

南方忙着插秧,北方忙着收割
光阴忙着转场。就在身边
一些锋芒刚刚外露,另一些
已经回到种子形状

天地宽宥
走失的云,又在六月种下很多雨
小螳螂破壳出生了
伯劳鸟开始唱,而反舌鸟不再歌
让我,总是在阴气初生里
一边摩擦着疼痛的关节,一边张望
故乡,该是镰刀挥过见麦茬

我假装自己还在村庄
房前屋后种豆,坡地点下芝麻
当一幅田园图
将我轻轻画进去

时间轨迹

每朵云都下落不明

不必去寻和找了
万事都有因果
云随风去,抑或随雨雪而去
都是一样的。八月长安的下半句
我和你该是清楚的
天空下,不要再跟我讲
青春为爱走钢索的事
也无须为下落不明的云哭哭啼啼
走失了,就干脆不再提
也许若干年后忘记,或爱已不是爱

又下雨了。站在淅沥的雨中
我更愿意向万物学习
你看,大地像是一座迷宫
每滴雨都将消失得无影无踪,但也
不是无迹可寻,就像下落不明的云
只要你去找,总能找到蛛丝马迹
只是,放到心里的才是最珍贵的

夏日

夏风知道,山河是如何欣荣的
一朵花脱下季节的衣衫,亮出青涩果
在水一方的岸边,谁是插柳人
而你,怀揣一只蝶
抒发掉一些事
与草木一起疯长

当布谷开始诉说,流火穿了任督
麦子熟了。一个你挥镰
一个你听从母亲夜晚的召唤
树下,任淅沥的雨反复冲洗内心的莲
直到半夏锦年一路袭过
你才将肉和灵复合,从晃花①里抽身
你才敢用一句句分行,悄悄地
对着尘世,喃喃自语

夏天很难面面俱到
它使我们错过了什么,又将带来什么
而夏天里我们都是旅者,擦肩而过

注:①晃花:只开花不结果,开完即败。

一滴水时间

母亲走出了"三界"。一片雪舞到了尘外
可我,仍然放不下一座城池
水行大地自然有路
鸟鸣声声总有一句是为自己

一盏月在杯中沉浮,故乡河下落不明
柳笛吹不出春水调,我找不到回家的路
没有母亲的春天,像没有糖果的童年
一只麻雀的梦里谁来过
"捡拾到谷穗和帝国"

一朵云吸饱了秘密
一滴水冲出云朵的胎衣
女儿一声啼哭
从一个尘世降临到另一尘世
哭声能打通一条路

时间将一些事物高悬
我越来越像母亲了
欣喜米兰、苦苣、苹果、五谷之香
而女儿是另一个我。替我
穿时尚,吃四方,上喜欢的大学……

告别一座经年的城池

我的离去与你无关,你却与我有关
致青春刚过,我就陷入了定风波
不得不踏上青衣之路

今夜的雨是有预谋的
看我怎样抚平心中的麦浪
该走的都在走,就连桌上的苹果与虫子也走散

从窗外望去,草叶脉络在流着谁的泪
雨夜像故事一样,等待爱情向左
玫瑰,你把灰姑娘的水晶鞋藏到哪儿了

云上的日子,我已经过完
一指流沙穿透春天的河流
夏日的戏台上,尘埃落定

别,别哭!会惊动生活里的那些细节
明日,嫦娥姐姐就回来送我
月来佛度,梦来自度

再见了,我的爱
再也不见了,别你的人

麦子

布谷,布谷
麦子已经熟了
布谷,布谷
麦子倒下来
布谷,布谷
一群麻雀
在麦田里散步

布谷,布谷
天地间
一棵麦子
静静地想
尘世的高度

收麦

麦子找不到镰刀
风弄丢了马车的挽具
时光踏着自己的影子
喊,谁家有空着的粮仓

一万棵麦子齐声高喊
我在梦里看你
天黑前,我要把梦
牵着回家

家

籍贯是家
出生地是家
工作地是家
居住地是家
两边父母的家是家
孩子的家是家

家
就是搬来搬去的
自己

失眠

我的一亩三分地上
忽然长出压力,痴狂地
伸向夜的黑
月流,拨动午夜的钟
击痛内心深处

那个不敢说出口的字
弄湿眼睛
泪,一滴滴滑落
砸醒黎明

光阴的黑马

一天又一天,年少和青春
都老了。我走过的日子
纷纷死去

拔一根白发
拴那匹奔跑的黑马
直一直弯曲的腿,追着梦想
黄昏里,我除了走,只能走

不敢回头啊,怕被光阴捉住
"只剩下灵魂
独自上路"——

雨水谣

自天堂策马,一路过关斩将
无须定位导航
依然知道从哪里来到哪里去

不老的歌谣,从天上一直唱到地下
交付一片云的有怀春,也有悲伤的情绪
这些都会带进泥土,深入根系
发芽的发芽,轮回的轮回
从眼眶里流出的流出

冲刷掉人间的一些脏
抑或掩埋尘世的某些事物
法身,从此岸渡到彼岸
梨花带泪的,总是让一些过路的风
误读。豢养成人间烟火

时间轨迹

有雪自远方来

一朵接一朵的白
自天堂飘下来
启开了万物的眼睛

这是上苍的禅语
亮亮的,任你撷取
为尘世照明
想照什么就照什么

忽而天涯

一场风雨,来得多么没道理
越来越大的雨点
乱了

我已迷失很久了
放下所有的计较
低头
泪流了下来
弯下腰,我把心
冲洗为桃花

时间轨迹

树是一本教科书

风来了,树侧侧身子
低下头颅。风走了
树又慢慢挺起弯着的腰杆
此刻,我们往往只看到掉在地上的枝叶和花瓣
却最容易忽略
地下那些盘根错节的根
曾有的痛楚
面对大自然的折磨和我们的淡漠
树从不申辩什么

春夏之际,树总是用茂盛表达感激
秋来了,却不一定非用果实说话
或许它们认为
活着就是最好的生活

上岛咖啡屋

借一杯"蓝山",似醉非醉
《易经》中颐养天命
品的乾坤转
行的天道、地道和人道,去罗马
万事一旦简单如一
生活里的那些不易,变来变去
万变之后,日新月异

给我一双眼睛,整条街就是我的坐骑
脑洞大开油菜花,无须看天时与地利
正一正三观,我便可与周文王姬昌对饮
论过多少遍了,六十四卦中也找不到自己
好吧,我就忘掉我自己

这些年忧伤时,有一个人总坐在这里
等待,那人来度

时间轨迹

梧桐雨落的时候

梧桐花开的时候,凤凰就传奇
投下一道亮丽风景线,飞到梦里梦外
像人们对爱情的忠贞,时光中
早已与梧桐合二为一
流芳,吾乡梧桐街巷

花香自有蝶来,飞来的蝶
复述了多遍,仍是千年那个故事
桐花捧着太多的爱,朵朵隐含佳语
乡人静坐心生莲意,芳香浸入其肺腑
没有了烦恼和忧虑

梧桐雨落下的时候
我就侧身弹弹千年的梧桐
奏一曲凤求凰,遇见梧桐街的前生后世
传说由你,品香悟缘
梧桐树下,我在等一个人
披一身月色,乡愁里与我执手照花

轮椅上的母亲

母亲。轮椅
只识回家的路

白发,根根是乡音
根根是牵挂
满脸的沟壑
纵横的陈年
住过盛开的微笑

轮椅转动
日子失聪
两眼昏花的母亲
心中大江涌动
风雪夜归的
可是那人

轮椅
碾过生活,疼痛
和今夜我的诗行……

在冬的背后

如果可以　我将停止我所有的行走
如果可以　我将停止我所有的追求
如果可以　我将走到冬天的背后

轻轻地　将冬的苍白挂起
轻轻地　将梦放飞
轻轻地　将自己还原成自己

初冬的颜色

冬,在叶里黄着
时光的冷,多情地黄着
冬,在雪里白着
竟然,连我的脸也属于它了

拐角处的冬青
一抹不经意的绿
是深刻

举手的女孩

脏、破旧与诗人、目光
缠绕在一起
你就不小了

你举起一只会说话的小手
把一群心戳疼
这是你纯真的心灵想不到的

土坯教室的光线昏暗、低矮
你清澈的眼神儿
碰碎喧嚣、繁华
和大半个江山的餐桌

你永远举着手
什么都没说
答案
在许多嘴上已跑出很远

当我们老了

当我们老了
你还是许仙,我还是白娘子
缠缠绵绵的日子已结束
断桥在磕磕碰碰中修好如初
我们走到桥的那边去种菜种花
你不再耕田,我不再织布
我们退到三线以内
春天看看蝶为花舞,鼓鼓掌
夏天听听蝉念经,再念念生活经
秋天照旧坐葡萄架下,不过省掉偷听
启用漏风的嘴,你一句我一句说着过往的事
直到冬天,老得哪儿也去不了
我们才蹲到墙根底下晒晒太阳
当你回忆到高兴处
我就抓紧你的手,流出幸福的哈喇子

一瞬

沸水冲进茶壶,瞬间
心不禁紧了一下,疼了一阵:
这些茶叶是否从此就失去了生命
把所有的精气都一杯杯
注入我的体内,让我
替它们活着,或者死去

这使我不由得想起逝去的母亲
和已经失去却还活着的故乡
还有我十年漂泊
异乡的太阳,无法晒干的泪水

知道心里的疤是自己剐出来的
为此我从不轻易示人
疤痕不停叠加,渐渐硬如铠甲
我只能借还有痛感的肉身
为岁月祈祷,让灵魂加持

倒掉残茶的时候
我又默默注视了它们一会儿
其实一切都不重要了

此生还会有无数个
如此令人心痛的瞬间
都将随着岁月的流逝
慢慢淡化和忘记
只有母亲临终嘱我的一句话
将被我永远刻骨铭心地记着
她说，再热的茶也会慢慢变凉
只有心能化开坚硬的石头

清明雨里

清明,我将和故去的亲人
相遇。不论春雨杏花雨梨花雨……
都是上苍派来的天使,替我们接通阴阳两界
和母亲唠唠她最牵挂的孙子
与父亲谈谈微信事宜……
放飞一群纸蝴蝶,哀思让两条河决堤

清明,我不需要控制自己的情绪
那些不能给别人说的,就与亲人诉诉
跪下去,反复擦拭石碑上的字
反复念叨让父母放心的话语
焚香敬酒,哭声用雨声代替
长大的孩子,再也吹不响柳笛

时光里有一道伤口
清明在上面撒了一把名字
我们都在经历杜牧诗句里欲断魂的含义
然而,想喝喝酒寄托悲伤
大街上到处都是店铺
不必问路

老井

你的深
是遗弃
你的浅
被绿苔捧出

紧紧护住
乡村的小
还有那些不长壳的心事
不让高高在上的砖说
不让资深的水说

心
天地可鉴

时间轨迹

在这个即将挥霍掉的春天

在这个即将挥霍掉的春天
我爱上母亲漏风的唠叨
爱上一条叫作小花的狗
爱上乡村年久失修的日子
甚至
爱上失眠
爱上水土不服

喧嚣中　我只要一小块静

领一个春天

幸福,长在卑微上
像一个孩子

闭上眼睛
顺从了一阵风
卑微下向善的心,拐进
月下

春天走了
一朵花绝尘离去
与走不过的美,抱臂

静坐季节的出口
咀嚼岁月
有没有这样一个春天
让我领着……

时间轨迹

思

什么都不说
只是,埋头打造内心的坚冰
在一个又一个的月圆之夜
用冰冷支撑起岁月的行走

风在夜的身上
瘦了一圈又一圈
梦,盖住冲动
沉痛而真实

村前的老槐

老槐树,小天地
躬身护住花、草、虫
大人、孩子、鸡狗……
乡下的来　来了——

老槐树,绷紧筋骨,藏起一颗心
只等那个老婆婆
来和他叨唠
针鼻大的事
针尖一样尖锐的生活

五谷杂粮

我能为你们做些什么
把我养大的"恩人"
如果可以,我就用我的方式
认亲。认下
稻子　麦子　玉米　大豆　高粱……
它们多像我的父母
而我无可回报
那就点三炷香吧
黄土在下苍天在上,五脏六腑做证
一炷,地盘不再瘦小
二炷,基因不再变来变去
三炷,让我想想,如何打动佛祖
或者如你们,卑微地活着
用土地的胸怀,给生命以生命

给冬穿上一小件外衣

终于有一天
我忍不住摘下帽子
向两个环卫工人致意
他们正在渤海路上
给冬青穿上绿裙子
（用一块绿塑料布围住）
他们高兴的样子
仿佛是给冬的女儿们
披上一小件外衣

瓷碎

隔着三生石的距离
相遇。相知
幸福,正以今生的美丽
点亮你

我在你的掌心里迷醉
还没有听到该说的那个字
就被失手掉落
心,碎成无数

桥上的灯

失眠可否是天桥上的灯
照着修行

发光的日子
在一个人心中清醒着

光,落到了它该落的地方
光说了算

一盏灯,等着一只
蛾子提着一截流年
来袭……

爱下去

一直写——
就这样一直写下去
蘸着雨的灵感
蘸着雪的意境
蘸着心伤的玉碎声
在岁月深处
一直写下去

快乐的痛苦的不为人知的
爱
在这里是归宿

辑二

城邦凤荔

失眠的夜里，我和蚂蚁小声说话
等我把一块石头焐热
天，就亮了

——《世间之物》

世间之物

山川，草木，果蔬……
它们不只在大地留下印记
花朵，蜂蝶，鱼虾……
它们并未祈求赞美
雪花掩埋了尘世的坎坷与污浊
雨水落下，人间的路途湿滑
千秋不败不衰的是枕边书
书载不动历史，笔绘不尽万物
万物有生有灭。它们都不管我
失眠的夜里，我和蚂蚁小声说话
等我把一块石头焐热
天，就亮了

我们一起走进魏氏庄园

两个人往大门口一站
庄园就有了鲜活的人气
最近,我们都很浮躁
有更多理由,走进去接受厚重

人烟和时光已经离去
建筑还在说话。城堡式建筑群
是沉入历史的镜子,照出了
再坚固的东西也阻挡不了的衰落

而冬天的风,没有一丝暖意
依稀是主人悲伤的叹息,布满了恐惧
偌大的庄园,空空的庄园
唯有我们两个人的心在跳,咚!咚

我终于挽起你的手,摸进黑漆漆的房舍
来,给灵魂制造一些故事吧
一个基督教徒,一个佛家弟子

空

城堡式的民居
要的不是生活,是防御
有了锋芒打底
轰轰烈烈的都是不祥之兆

一座庄园更像一个墓地
我找出一些想到的词,来说明她的现在
浓墨重彩的人走了,事走了
原来在的,走了。现在来的,也要走了

嗯,戴上帽子,让自己的大脑暖和些
那些久治不愈的硬伤,痛
就由他去了。你说得对
其实,我的内心就是一座空的庄园

紫藤

从南方嫁到北方的那天起
你们就缠绕在一起分不开了
梦境里冷暖里
死了又生的命运里
你们紧紧抱着未卜的姻缘

多好啊,能在一起活下去
这需要多大的胸襟,支撑着
纠缠、分合,直到血肉相连
根系在一个屋檐下

潜在紫藤的静默中,绕过落叶
我不说一句话,忘记了尘世
任时光骗我伤我害我

一根藤条就是一根鞭子啊
根根抽在我的身上

看到一辆清代的轿车

我想
你驾辕,我端坐
两个轮子跑起来
那情景是什么样子呢?

行云如流水,江河在奔腾
人有了另一番模样
生活有了360种途径

——我没有看见,只是在想
趁原始的本性和气场都在
我要做回自己
就像鱼缸里的鱼,回到了大海

你说,可能吗?

那些心事高过城墙

北风呼啸着掠过城墙
瞭望口有故事晃动
雪花白　旗子红
对应了诗情旧梦
庄园储存了一钵心事

站在你高大的身躯旁
时光捧着思绪的碎片
潺潺向前流去
满眼苍凉落寞
是我永远读不懂的风景

在庄园的视线里谈诗

泪煮诗味,同你干一杯
斥责多么漂亮,不必找借口形容
我这个爱才如命的人
已被铜臭刺得遍体鳞伤

一场不分胜负的情感
在乎金钱,好像也不拒绝名誉
说好的不谈诗歌呢,还有未来……
没有投降的意思

我左心房的泪,不敢出声
怕惊动右心房的幸福
温暖的火炉,暖不热我的心
寒战一阵紧过一阵,左摇右晃的我
终于顶住了精神的痛
和苟活的重。此生

梦,寿终正寝
我,立地。距佛一丈

孤寂

今日，我要省略一场雪
赶在伸手不见五指的雾霾前
再把庄园的每个角落审视一遍
找到那熟悉又陌生的笑声

今日，我要冬天的北风继续
看魏氏的风，呼啸着一路北上
乱了，我花白的霜语
和吹瘦一段温暖的言辞

我还要以黛瓦遮愁，枯井葬心
与紫藤耳鬓厮磨，让那些
木头做的房屋不再铁石心肠
结出，超写实的现代果实

最后，笑一下，哭一场
自己跟自己说说当下、未来
把俗世演绎得更像俗世
把孤寂描述得更像孤寂

哦，这么难耐的时间
吃饱了还能干些什么呢

一场假寐

我闭上了眼
一只蝴蝶在心里飞来飞去
就要脱离身体奔向星空了

我习惯性抱紧自己。蝴蝶是无辜的
而一场梦的远,迟迟解决不了

魏氏庄园里未完待续的梦
如果你想抵达
不妨先问问庄周

时间轨迹

想和你去太仓

我们手挽着手,走哇走
走累了,我们就坐下来
说说故乡的儿女
细数一起走过的日子
细数那些琐碎的幸福

这么多年,我还没有带你出过远门
我总怕你走丢了
我也不敢自己出远门,怕自己回不来
没有我,你怎么活……

我们都老了,再不走就走不动了
我们去太仓,舀干太仓的河
天天,让牛郎开车接织女回家
再累,我们什么也不想
你依偎着我,我依偎着你
内心是多么温暖而安详
秋虫呢喃,繁星闪烁
天当被地当床
我们一刻也不分开……

家居在青山绿水之间

幸福，无以藏匿
小心翼翼绕过每一个坎
绿水中流，菊花上开
秋天在果子里红……

懂得，就会契合缄默
爱敞开，始终温暖相随
相随的还有：秋天与家园

当达到菊花境界时
两颗心，归于平静
爱情，破译沧海桑田
还有什么不可以的呢，中年？

云动山影

云把山峰托起
山峰栽下一棵棵松
守山的泉,借瀑布来通路
鸟鸣从山上冲下来
花香自四周升腾
拍案。恍若一梦

云涌奇峰,鲜嫩乡景
石头铁青着脸
一条河立起来
乡愁一泻而下
到了谁的心里

深秋佳色

相思上了海棠
红,打破深秋的宁静
荼蘼花事未了。终有一棵
走过烟火,开在此岸或彼岸

眼看画外的人,就要断肠
一只鸟落在地上,替他抬头
替他仰望
——爱情

花开不落,秋天就不走。海棠树下
时间之外
梦替那只孤单的鸟儿
找到了更好的东西与方式
来安慰一颗受伤的心

可是,那只鸟儿的孤单呢
谁来安慰

时间轨迹

每一次抵达都恍若离开

当我写下这段话,泪就流下来
打湿了一张洁白的纸
提笔,手在颤抖
我不知从哪里开头,又到哪里结束

故乡总在变,像是川剧变脸
父母走了,大哥大姐也不在了
从熟悉到陌生,陌生再到熟悉
每一次抵达都有新的发现
清明时节多了一条街
中秋的村庄变成了一个花果园
过年的时候又少了一些炊烟……

我不知道这是好事,还是坏事
在故乡,我是尴尬的
分不开抵达与离开
每一次抵达都恍若离开
延长着夜的黑
而我蘸着它,书写另一个自己

锡卡的蛙声

雨后的夜晚
沉吟，此起彼伏
似是故乡池塘里流淌出来的方言

挪动月光，忧郁的调子从香蕉树
移到木瓜树
无眠绕着窗外的树丛，转了一圈
又一圈。把院子的三条狗缠住

田园的味道，缓慢地溢来
这清晰的乡愁
用蛙声哭了出来

杨柳青小镇

我一遍一遍地想
把小镇想成了年画
小镇就是一帧绝响的画

当我走近,徐徐打开画轴
杨柳用子芽表达着抵达春天的速度
一朵桃花盛开,是我认出的喜悦
一只蝴蝶飞来,替我遇见了灿烂明媚的细节

时光真真切切
杨柳青的幽静和旷远
从画的一端走下
拔节的故事,可圈可点

宋兵植柳繁茂的"柳口"
已被时间连接
"名人留说"的
《杨柳青谣》也被扶正
至于"御赐钦定说"也在传说里铺平

一个码头的清影
让小镇的青春集体醒来

运河的号子大声喊出商贾云集
乾隆皇帝走下码头
那模样依然风光,依然威严

文昌阁坐落在必然里
与必然相邻的安家大院也染上了繁荣
与繁荣相通的华北第一民宅石家大院
富裕到丈量出小镇江山的躁动。只有
平津战役天津前线指挥刘亚楼司令员的身影
才是晃动杨柳青的响雷……

在小镇
只要能生长杨柳
就能生长出奇趣横生的典故
只要能放飞一只风筝
就能捕获美丽神奇的传说

几多时代变换
都萦绕在不绝的音韵里
繁衍成杨柳的枝芽
青了又黄,黄了又青……

徜徉在这帧画里
谁能告诉我
我是这帧画的落款,还是印章?

石家大院

人去院空，大院只剩下骨架
门庭若市的时光远了
落寞，怀揣古老的心事
独守。岁月身披荣光
石元士不散的魂魄，在为我指点什么

那些古老的，不肯离去的
石头，水井，房子，树木
还有屋中的家什
以一种憨厚淳朴的姿态
诱导了光阴，一步步走向静然

我站在院子当中叹息
调和与我无关的忧伤
我知道没人懂我
可我并不叫屈
也不说岁月无情
我揣着一份淡泊
照样相遇又离别

石家戏楼

推开大门
门框画出一道重重的口子
时空里,我便碰了一耳朵"哏味"

过去了一段京剧,一段相声
抑或天津快板,还有一些故事
兴衰,浸染了哪些人的梦里梦外

舞台静默,那时的唯一
与我久久对视
灯光为我领略初始的喧哗

谁建的戏楼已不重要
重要的是我看到一百三十六年前的光阴
而光阴摇曳起来
比什么都无情

镇前的运河

一定是千帆过后
才会蓦然想起安静这个词
于是,把那些无用的副词抛掉
把所有热情深埋水底
让安静,简单地养活自己

最低调的样子
是时光印在沧桑里的故事
世事无常,都在这一脉水中囊括
多少悲欢离合
行走在水流之上

水在水里流转
船只,人往
顺带一段船工号子
从一幅画驶进更多的画

杨柳青年画

一朵莲花开了几百年
依旧年轻
流动的门神
风风雨雨中转动历史的沉重
还有那些寿星、顽童、戏子、花鸟山水……
在太多的传说里把憧憬浓缩

在历史中刻画历史
木板雕出的画面线纹
刚好安放油墨的光亮，掏空多情
一次又一次，剩下风骨
填满斑斓的色彩
明艳就将凡尘甩在了身后

一绢杨柳青的图腾
六百年中除了你，谁能让木板复活
谁还能让彩绘生根发芽
是齐健隆和戴康增画师
抑或霍派的"玉成号"
还是"家家会点染，户户善丹青"
所有的杨柳青人成就了"南桃北柳"

而今天，跃然纸上的鱼儿
被时间青睐，游进时代的脉搏
回声里溅起一湾鲜活的故事
且慢，让我细细地观赏静静地膜拜
让震撼沉迷，灵魂潜入
直到一颗浮躁的心回归平静
在杨柳青，我愿
归隐一绢年画，存活在童话世界里……

约会马赛马拉大草原

今日,草原的高度
就是平顶树、合欢树、面包树和大仙人掌……
的高度。海拔一千八百米的高原,也许只有
大象、野牛、豹子、狮子、瞪羚、鸵鸟……
才能丈量。我不敢相信
这里囚禁的不是动物,而是人类自己

马赛马拉　动物的天堂
从一个世外,抵达另一个世外
我听到历史旷古的回音
暴露出不为人知的壮丽

我忍住激动
把自己交出来,交给大草原
合欢树一样
透亮地站在大裂谷　收下
千万个花魂　无数双眼神——

旷野中的平顶树

你是马赛马拉的旗帜
插在东非大裂谷的深处
把阳光和水分　平放
身下就有了快乐和憩息
一些风隐匿在远处
一遍遍吹砍那丝绿意
强烈的紫外线　榨走
血　一滴又一滴

低贱地活着
用雷怒吼　闪电鞭策
鸟鸣　飞渡肉体
装下　百兽的喜怒哀乐
直直地　抱住苍凉

给草原一个剪影
揭示天空的密语
永远　一树春色
绿过草原　照亮整个旷野

东非大裂谷

并不特意约定
与二千万年前,我们人类的祖先相遇
在我认识东非大裂谷之前
东非大裂谷早就认识了我

站在地球表皮的一道大伤痕中
我把我的灵魂
放在人类的摇篮　筛洗
草原惊动　春水般向我脚下无限延伸

火山死去　捧出一座座高原
串串湖泊　在青青的枝叶
绿绿的草上越走越远……
来到这里　我才真正到了前世

初识肯尼亚

云被洗过　白是一个童话
天被洗过　湛蓝铺满梦幻
树高高在上　绿挡住了夏天
花，肆无忌惮占领了时间和地点

一条长长的路　为我的双眸
带来了　一尘不染的春天
我的出现　惊动了
随时出没的动物
知道适可而止的工厂与高楼
没有为自然界反衬

树下的流浪汉　枕着石头
捧着一壶小酒　沉醉
黑人的世界里
财富与幸福　无关

齐长城的砖

砖与砖组词
就有了分量
一块砖让一块砖
懂得了温暖
团结起来,就成为不可逾越的高度
一个心愿
挡住了外面的腥风血雨

这是一个春天
在停不下来的临淄
我平静地走过
溅起的思绪
代替我返回一个朝代

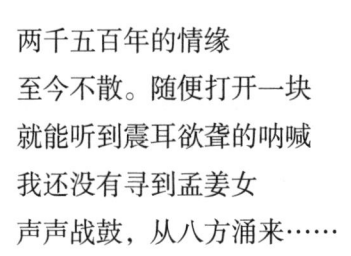

两千五百年的情缘
至今不散。随便打开一块
就能听到震耳欲聋的呐喊
我还没有寻到孟姜女
声声战鼓,从八方涌来……

蹴鞠，温存一个地名

沉醉。在出生的地方
押解一生
放下所有，就得到了一切
只留下一具皮囊，圆圆的
围住一个地名

你抱着空壳子
只等快乐，一脚一脚接踵而来
走过了黄皮肤、黑皮肤和白皮肤
却没有走出母亲的目光

你是什么
精神，食粮，玩偶
男人的兴奋剂抑或女人的晴雨表
不必想象，无须揣度
你自己把自己两千三百年的虔诚
早已刻入
东经 118 度，北纬 36 度

龙川晓月

你不再犹豫，从传说里最精彩的部分
走出来，走到值班的宫殿
目光平铺在龙川河上，与浩渺静静地牵手

忙碌了一天的龙川开始收工
河沙贴近长堤，贴近人间烟火
长堤上的白玉兰和槐树列队芬芳
南门伫立，挽起万家灯火

进进出出的风，追赶着落在两岸的脚步
五光十色的灯光游离，是迷醉者的眼睛
不时跃出水面的游鱼，如刚出浴的美人
波光粼粼中秀出滑嫩白皙的皮肤
是不是想与嫦娥姐姐比美呢

坐在沙滩上，把脚泡在凉爽的水里
目送渔舟唱晚绘一阕离别，我是多么留恋
大街灯火阑珊处，一片世外清新和悠闲
龙川宁静下来，在盛夏光年安享晓月魅力
鱼鳖虾蟹的美味，让我的味蕾浓烈飘荡
夜，铺张开来

举杯邀明月,对影成李白
我抬手摸摸水里的月亮,仰头望着星星
多静的时光,多美的地方
今夜,我在龙川一个人静静地想着心事
月亮与唐诗宋词里的月亮融为一枚月亮

双井流泉

我不需要下到上井和下井里
只要听到流泉叮咚就行了
甘洌的甜,就穿过数十里的江山铜钵
到了我的心底

我只需"新罗第一泉"的一瓢水
来滋润我干渴的心田就够了
甜是必须的,净是必须的
我是必须的心有花朵,接近那泉水
让泉水洗一洗浮躁落魄
灌一灌三情的禾苗
灭一灭欲望的肝火

登高独秀

树木葱茏,散漫了石头
石头蔚然生秀,树站在峰顶
拦住一朵朵穿梭的白云谈婚论嫁
翠就要流下来了,登高潭快快接住
潭水深深,碧波只顾荡漾绿丘的倒影
游览的人,无法看见来自远古的底

在这个上午,我已领略了清雅秀丽
绿,是树是石是山是水是美
而心旷神怡就在登临其顶,凭高鸟瞰时
岩城的美貌,被缩小写意
复制粘贴到我的脑海里,加密后谁也删不掉

登高不在高度,需要一双慧眼
是的,我终于明白山不在高
独秀才是硬道理

虎岭松涛

一只老虎涅槃盘踞岭山,抱住心爱的城
一些松树成精不离不弃,声声私语诉衷肠
松涛千年,哭倒了参天的松树
幢幢高楼大厦取代了昔日松林
一声叹息,写进了历史和虎岭的梦里

西人选胜的洋楼越来越小了,不看也罢
还是去斜岭亭吧,给烈士陵园中的闽西革命者
献上一束鲜花,追思先人,缅怀英雄
我们定当更珍惜当前的幸福生活

东宝春云

仅仅在春天把白云拥入怀是不够的
仅仅深陷在出尘的修辞里
也是浅薄的明媚
石云岩是一首斑斓的诗,如歌行板
华丽的一节,翠屏山优胜
怪石像神话里人物各显其能
甘洌的"龙井",像是观音净瓶中的甘露
喝一口精神百倍,烦恼都忘掉了
九飞石,是诗中的一个感叹号
承接岛国飞机罗盘失灵的传说
寺庙是最仁慈的一段
梵音清明,赐予我云水禅心
而东宝山的宝贝,银砂、玛瑙一个接一个
写满长诗最辉煌的一页
我呢,该是这首诗的插图还是候鸟

紫金晴雪

那些洁白晶莹的雪,落到色紫如金的山上
是多么美的事,不信你问问秀峭的五峰
旭日含晖是一幅锦上添花的画
夕阳倒影是一首词——满江红
……

不要跟我说雪有多高,晴天也融化不了的雪
预兆丰年,这是小孩子都知道的
天时地利人和,好的地方自然景象也眷顾
我需要长期待在这里
捧雪煮茶,与龙岩谈谈天堂后事

奇迈岚光

九峰岐，你在向谁伸出橄榄枝
奇迈脉动山高土沃来赋给森林红利
秋高气爽的时节，我们竹篮提日上山
秋风中与紫金山相看两不厌
叙一叙那些神话传说属于天还是属于地

我在这里，你在这里
在"阳石映轻红"中观水汽蒸腾的峰顶岚光
在绿崖浮薄翠的山腰，陪蝴蝶飞越沧海陪鸟儿渡过屏风
我们行走在一幅辉煌的画里，圆满秋天诗章
在远离喧嚣、名利的地方，结绳记诗一样的事

我也想与奇迈峰的神仙相遇，踩一脚五色长虹
沾一身仙气，比一滴水懂得当空升腾
食奇迈山的野果，饮奇迈山上的水蒸气
关注你我和尘世的距离

九侯叠嶂

我一直相信,九侯就是九只猴子
九只猴子是好兄弟
他们一生都在干着一件大事
气势宏伟磅礴,挽手
打造出长城,挡住入侵的敌人
守住了他们的祖国和臣民
然后,永垂不朽载入史册名景

九只猴子形态各异,在镌刻情同手足的情谊
他们是一根藤上的瓜
绝不是这山望着那山高的猴子
寿山做证,龙岩做证

时间轨迹

沿着大清河的清澈一路向东

在这样的春天，沿一条河徒行
一脉川流把桃花杏花梨花
安放在，此岸与彼岸
由垂柳守着的清水，是安详中的安详

草沿袭季节的章法
在过去和未来之间往返
鸟是神来之笔，和一首歌婉转的回旋
泥土气息，是游离的乡人，是思乡种子
在人间的四月，大清河的高调
用另一种呈现，衍生出一些奇妙的细节

我怀着敬意接近大清河
看见和听到的，都是鱼和虾的欢快
在一条河里幸福
阳光竟也走出了雾霾的羁绊
春回的燕子竟也在半空中

风筝，轻而易举地托起了杨柳青的高度
清水的涟漪，溅起了谁的笑意
春风依旧抚摸着东去的河流

记忆让时间逆流了几回
唯有在西青生活的人,才知道
该怎样把一条河放在心里
温暖日子

时间轨迹

御河,那一道西青灵动的眉

来,我们一起喝下御河水酿的酒
坐在石家大院门前的阶梯上
看历经千帆过后的静,端坐在水流上
沧桑里的故事渐渐远去了
御河载起大运河遗落的梦
纵容着春天,打扮着西青

正在茁壮的花草
是赋闲码头最宁静的天气
春来御河,万紫千红不是虚设
时光在水里流转,船只已去人往犹在
乾隆鱼兵虾将们的后裔
泊在清凌凌的水中,嬉戏

我牵挂的喜鹊,在河边行走的鸽子
若无其事地踱着方步
和我一般醉的水
看红在空中的风筝,停在春的拔节处
一条河开始浅唱低吟,或者风生水起

此刻,从御河上过来的风

正在用手势说话,暖一点点
钻进我的诗行——
御河,像一道灵动的眉
在西青,对着我扬了一下,又一下

夕阳下的子牙河

夕阳在垂钓者身上作画
背后，拖着一树一树繁华
麻雀自由自在
蝶蜂也不是迟来的过客
一阵风吹过
好像都是温暖的

心事柔放。深呼吸
一次再一次。那些鱼都潜在桥下
等待灯火，招兵买马
偶尔，汽车的笛声渡过河
短而轻

子牙早已老去
河水却越来越新
姹紫嫣红的沿河被画到成熟
水带走一切
水又带来一切

夕阳下的我，在花香里
听一条河在诉说

古意兴城

瞒天过海
兴城在三十六计里出神入化

海在左,城在右
光阴在后,朝曲在前
精忠贯日,心剑提虹
兴城很小,七月很短

蓝天下广袤疆土唯我独尊
跪着的德国比日本高大
关东军的叫嚣被喀秋莎打得天女散花
在兴城,我又一次目视天下
左渤海,右昆仑
举意乾坤
不高自大

时间轨迹

菊花女石像

桃花时节
女人习礼佛事
种下一湾蓝蓝的水域
时光丰腴，人鱼合一
白云，海鸥
知了，合欢树畅谈夏日

是非中
老人照例假寐
青年照例捕鱼
孩童照例快乐

渤海静养
照看兴城的爱情
诗情画意
留给了太阳和月亮

多年后，女人隐去
觉华僧，延续菊花的修行
多年后，僧也隐退
一座岛与海互生

世外桃源

时光行走
万物自在,冥冥中
一朵菊背朝大海亭亭玉立
开出一座城的幸福与梦想

时间轨迹

在塔山阻击战纪念馆前

两门大炮,正射向天空
好像,它们同时打中一朵云
瓦蓝瓦蓝的天幕上,好多棉花在飞

世外,历史与诗人对话
中间隔着一把大锁
战火熄灭了。草坪上
一架战机隐于闹市
葫芦岛的海潮声里
松林,参差不齐
替代一些人触摸时间的冷与静

咔嚓,咔嚓
谁的相机和大炮对开
斑斑锈迹之间,可见一只蚂蚁抬头
对着远处的山峦

与塔山平起平坐的纪念碑下
枪炮声,喊杀声,时近时远
一群诗人不约而同,立正

低下头颅
弯下轻易不肯弯下的腰
一次,一次,又一次

辑二 城邦凤裔

龙回头

七月。船儿回到了岸
鱼儿回到了家
龙,回到了哪里

沙滩上,海风兴奋起来
大海无法拒绝我们的热爱
五个人的小岛
配合着诗人的狂欢

我决定下海,做一回勇士
不再与思想较劲
渤海,被孙诗人的拖鞋分行
让彭先生的相机不知所望
刘大夫从我的脚后跟
拔出一枚贝壳,指引血归入大海
宋妹妹的背,真舒服啊
是童年,姐姐背上的迷宫

天与海对白
没有约束的蓝繁衍后
天地之间会发生什么

听懂的人一定幸福快乐

我走了，抱一怀山清水秀
从此，龙回不回头与我有关系了
你看我，忍不住染上了回头的顽疾
把身后渤海的辽阔，拉长……

董仲舒

一座山峰，从西汉高耸
上承孔子，下启朱熹
修身养廉，开了一条正身直行治国的路
从此，"外以监督"成了强廉之助

你辞官讲学，精心授义
身后，时间的露台
书声铿锵，开满岁月
那些廉者爱民、不与民争利的思想
早已在华夏这片热土上
生根发芽开花，结出了硕果

晏子

多少年来，晏子使楚的三个故事
成了维护自己和国家尊严的典范
"橘生淮北则为枳"典故，也妇孺皆知
而几人能晓得，你平日粗布衣衫
一件狐皮大衣一穿就是三十年
又有谁说得清，你拒绝了多少礼物
大到赏邑，住房，黄金
小到车马，布匹，衣裳……

"财多不忘俭，为尊常思廉"
是你对世人的劝诫。也是个人写照
一生戒奢，粗茶淡饭，劣马破车
似乎不是肉身为官

合法者办，不合法者拒
像一句不变的诺言，沉湎于
"卑而不失义，瘁而不失廉"
这做官的标尺，时常敲打尘世
而被拒收的那两条鱼
决然警醒后人，流芳千古

邢侗

泼墨"笔走龙蛇,鸾漂凤泊"
让古今多少人击掌称绝
我冥想,你手中的那支狼毫
是知己,伴你走过仕途和田园生活
御史"佞者咋,忠者快"的事被记录下来
忆及往事,有太多的
为官正派锱铢不染,关爱百姓"兴利除弊"
——从笔尖滑落
惩治恶霸,查盐贩擒海盗督漕运
也被一一载入史册

清风明月,试图从"肱股之臣"
随手涂鸦的一幅字画,取出莲的品格
或者,从书中小诗取出一些青山志
滋养,每一个读过《来禽馆帖》的人

夏末海拉尔

赶一群诗入草原　夏风一吹
我的十四行遍地开花
海拉尔一鞭带过　八月
伊敏河洗过的日子　韵脚分明

泊在呼伦贝尔掌心
打坐　修禅入境
蓝天白云把我神化
灵魂在这里开屏了
左边绿了原上的草
右边红了湿地的花

马牛羊星星般散布悠闲时光
从头到尾，它们分明都在歌唱
唱得在场的人
千头一绪，莫名感动

把诗牧在呼伦贝尔草原上
我就是那个还债的牧羊女

亲亲呼伦湖

是谁把南国的红豆放大
放大成方圆八百里的泪水
而以湖为题材的爱情
用草原作嫁妆
俘获了世间哪个有情的人

立在湖边,我突然就有了孤独感
面对这没有悲伤的幽蓝
我决定拜她为师了
把传说和时间折叠起来
我爬上去,是否看到更远的远方
我的贝尔打马而来

相会敖包

对湖梳妆,我看见半老徐娘
化蝶,在马头琴弦上发呆
等待故事

一支神曲在脑海燃烧
披上洁白的哈达,我猜
我该遇到缘分里的谁

一些石头作为愿望的种子
在草原上存活下来
长成圆和满,并高过草原

围着敖包走了三圈
我是不是就有了三生
可否抵达神幡境界
悲与伤在这里已经"梁祝"了

喝下一碗下马酒
借来一匹汗血宝马
我要踏遍草原去找我的——
好诗歌

时间轨迹

草原是诗的另一种存在

牧风草海伸展,岂止是辽阔

高过天空的呼麦
把悲喜从地上写到蓝天
马头琴一响
雄鹰的盘旋便与草原混为一谈

羊群已迷失直到同格桑花云卷云舒
点点蒙古包牢牢地把蒙牛拴在草原
拴不住的一匹汗血宝马——
要去找一个名字
抑或大汗弯弓射大雕的地平线

长调把勒勒车的车辙送到夜的深处
奶茶从蒙古包里跑出来
风拥着流星、奶香和我……

心宽到不能再宽,人美到不能再美
在呼伦贝尔草原,走进去的是你
走出来的是诗

雾凇岛

当水的梦,挂在冬的天空
柳树与松树便戴玉披银
沿着松花江的两岸烂漫到下游
雾在走秀。为出尘的目光停留

与一条江说今生来世
每一滴晶莹,都是水的修炼
淘尽排排雪浪的泥沙,光洁地
开在壮观中或者绝唱上

谁能参透这里有多少棵故事
为爱染霜的站立?须多少次捶打
才会诗意地表达
任春水流失秋风蹉跎

在这辽阔的松花江边,面对大片大片雾凇
我需要层层加冕,被浪花磨亮
像一棵树一样把凡心冻结,直到
将自己塑造成剔透无瑕的玉
去迎接春的新娘

苏密枫雪谷

恬静。雪藏尘世的喧嚣、名利
还有那些浊气与江湖
只留银装的简笔,供诗情画意
隽永的总是山水之间的厚谊

银装裹不住的是一个人,带领着
一排整齐划一的牛犊,那情景
像是夹皮沟里出来的,我的老乡
神秘,让看到的人猜来猜去

两旁的山,从低海拔到高海拔冬眠
豢养的多种生物,空出一条干净的路
留白处,两行不同的印章
穿越谷底玉树琼花,穿越风物时空
在雪的曼妙里与我经年相逢

辑三

月色惊梦

月一如既往地亮圆

而我羞于勾画

一场相望的

绝唱

——《在月亮里住下》

静待暗夜花开

留浮生浅浅,深深的宁静
割破,苍凉的夜

回归的心,始终
醒着,只是为了寻找
穷尽一生不向暗夜低头的魂魄
惊世骇俗,开出夜的白

时间轨迹

君若知秋

忘川水来过，日子沉静
清风盈袖，红肥绿瘦
我离乡背一口相思的深井
只是月亮明白地告诉记忆
记忆不能说出，用弯的月亮也不能说出

即便是一菊一世界
一颗心不此岸，不彼岸
只是习惯了深呼吸，那就——
左岸参"山"，右岸成"水"
只为秋，所以来

应是一株菊，开在驿外断桥边
风露清姿，极目云阔
暗香千里拂过来不染一丝尘埃

深秋劫色

相思模仿着海棠红
南山在一把紫藤椅上枯萎
荼蘼花事未了
终有一棵走过烟火
开在无岸
断肠人,在画外

花开不落,秋天就不走
海棠树下
那只鸟走出了时间
扯下一片天空坠落
大地的巨鼓腾起冲天的烟雾

秋风辞

需要一阵大风
零落。精简一些生命
万物是道家的劫数
秋恋恋不舍在风中辞去今生

需要一排大雁向南,哀鸣
菊花还没有完成使命
霜就落下来寻找决口
田野与山对望,比赛减法

不只与秋风有关
西汉武帝刘彻也逃脱不了干系
粉墨登场的冷,也趁机发号施令
一夜之间,我的院子沦陷

颗粒归仓,落叶归根,有谁知道游子去了哪里
我点燃一首诗取暖,照亮通往冬的路
故乡在,无论贵胄草莽
都是怀揣火种的人

秋风翻阅山川

是时候了
展开翅膀,放飞花心
贪恋在谁的旨意里
开出爱的朵,结下尘的缘
衍生出故事许多许多

你翻阅江湖,翻阅人鬼
翻阅山川时的大动作惊动上天
所有走过的路径,佛都清空
为杜绝节外生枝,不留花叶,头衔,名气
仅存虚空,魂魄

岁月,因此又长了一截
我因此又找到了指引
并在一枚果实里
找回了春天、疼痛和幸福

秋风没有来

秋风没有来
我不会跟梨树要枣吃
等把三生石坐热,天就黑了
一根丢了魂魄的竹子,心出家
修成我月下的影子
七夕已过,我还是羡慕现在的牛郎
有一双儿女可挑着,每天每天
从拥堵的车流中穿过
不像我这落魄之人
半世也不能走到你心里

秋深向何处

月半弯
秋风开斩。斩草不除根

风刮万万片
这,不是大悲舞
是时光裂缝中的蝴蝶出动
去往天堂的路上
感恩,匍匐大地

活在这世界是多么干净
生活的原色里没有多余的
尽管我们无法选择
我们都会从秋天走过去
你看石头都携带自己的因子
等待越狱

时间轨迹

我试图把一首诗写成中秋

这首诗全用月色调剂
月亮升起开始,月亮落下结束

排开一盒月饼,充当内容
一壶故乡的酒,一口一口喝为间距
一拨蟋蟀的叫声,成了诗句的逗号
原谅我,用月亮做了句号
思念是我最好的朋友
她能知道我心底的痛

月色流下来,泪水流下来
默默隐藏在月亮背后
看秋风卷起落叶走远,逆着风
我把月亮抬得更高更远

罢了,就把一首诗
停在中秋

在月亮里住下

月一如既往地亮圆
而我羞于勾画
一场相望的
绝唱

我的爱情,老了
被我爱过的中秋
三分温润
七分清凉
桂花在心中苏醒的时候
我们一起
别过唐诗宋词
直达故乡的村头

玉瓷的月
千年了
被万吨泪洗了又洗
继续升起的
脆薄,白着

属于我的那些走吧

时间轨迹

我在月亮里住下了
随缘来去的沉浮中
谁能忍心再大声喊出
故乡的名字

致中秋的月亮

圆！中秋的一道密令
亲情爱情都复活了

膜拜的意义总是小于你的心思
桂花开到你的发髻上了
嫦娥舞到你月光的庭院
唐诗宋词里的吴刚搬出了自酿的酒
亲爱的，请

其实，月色是饮不完的美酒
今夜在我和一些人的心里汹涌
月不朦胧，故乡朦胧
我坐在朦胧里数着圆满
秋风在山川打马
且行且歌，像是履行公事
岂管，掉落一地的心声

你醉了吗？亲爱的
我愿意与你同醉。桂花扶风八千里
从故乡到一座城，一边吟诗，一边作对
且不管，月色无岸
我们饮不尽人间的悲欢

这个中秋节

思念突然站起
站到和天一样高
月亮高高在上,说不尽千山万水

你喊疼了的中秋
从城头转到城尾
心扉敞开,怎么不见李白的思乡曲
八月十五还在,月圆依旧
一些人,远远近,近近远

月亮的门被嫦娥锁着
有些冷,有些寒
真不晓得,同时服下离愁和圆满
人会变成疯子,还是神仙

思念跌进圆圆的月中

我的心跳
一下在故乡
一下在异城

故乡的心跳抱着乳名
泊在庄稼们似有似无的温情里
异城的心跳和着陌生拉住沧桑的中年

故乡的思念替自己摆平回来的路
异城的思念教我跌进圆圆的月中

八月十五在月亮中

八月十五重逢，月亮在谁的怀里
蜿蜒东上，半卷红尘
饮尽山高水长。与月亮交换心跳
一袭清风，两袖洒脱……

旧日子的坎坷在桂树下埋着
好日子在玉兔的身上围着月亮转
你要唐诗宋词去逮

月光清扫过的地方都是干净的
在中秋的目录里
一望，月把时间照老
再一望，月把天地照荒

月亮啊，许嫦娥一间宫殿吧
再随带满窗的乡情
被宠坏的游子
永在相思的路上

我一直想把中秋写成这样

颜色是黄色的
形状似寿桃
脾气是圆的
味道酸中有甜,甜中带香
甚至是被宠坏的王后
任意使用花朵,任意召集果实……

更像是一首被关注的诗
韵脚可以不要,芬芳不可没有
有立意,有意象,有虚实
而那些呈现的细节依然是水到渠成
不悲喜,不表达,不思辨

哦,这中秋是谁家的
这圆圆的月照到了谁
在异乡的秋夜里
我不停地想象
现在,我还在想象
它的样子已把我折磨得彻夜不眠

时间轨迹

在八月的微凉里启程

是该启程了
左手抓一把黄河沙,右手握一块泰山石
我要去津城的版图上作画
明澈的月夜,是谁把中元的大门洞开
暗藏的魂魄一一出现
父亲,您在领着大哥大姐送我吗?
我不停地回头,看着路边的行人
街店里传来冬奥申办的有关事宜
一些兴奋遍及整个街道
我也不例外。在匆匆追赶的路上失去了自我
八月的微凉还没有沁到骨子里
火车启动的时候
我的泪却惊醒了薄衫里的冬
轰隆隆,铁轨在心上
碾过去,碾过去……

在时间的裂口处遇见蝴蝶

不往颜值走
不往庄周的梦里去
不化梁祝
你只做你自己

从桑田起飞,向沧海而去
双翅之上,万紫千红已过
孤独的你,把孤独飞成黑色
很多花香洗过的翅膀
同样也被雨水汗水泪水洗过
记忆库里,慈悲的心还在
为山水疗伤
以诗为药,以花为媒
目光所及,仙境里的雪莲花
初见端倪

灵魂经过的山岗
白雪 夕阳 牛羊 炊烟 教堂……
在这时光的裂口处
——我遇见前世的我

正月十五纪事

元宵圆在碗里
月亮圆在天上
它们一同出镜,就是圆满的天意加祈愿

雪花,今年没有来凑热闹
花灯,挑起了一条又一条街的繁华
如璀璨诗篇,延续了春节的喜庆
火树携着银花盛开,点燃夜晚的高潮

孩童提着一盏光明行走
大人追着喜乐、热闹一幕幕定格
月亮像慈母一样看着我们,笑而不语
春风一吹再吹,越吹灯盏越多

踩高跷的走过,扭秧歌的扭来
沿着街灯曲曲折折走下去
就像人生充满了诱惑
而我们都是猜谜语的人

元宵轻叩正月十五的碗

那圆是真圆,与天上的圆月同圆
那黏很执着,不容你怀疑
正月十五,不管你同意不同意
就去比喻生活

滚过十里花灯
甜醒千年的时令
于一次次鼎沸中的沉浮,谁懂?
我们允许一枚枚元宵抒情吧
那么多好看的月亮,回到圆满里
让那些离乡的人不再背井

元宵只和元宵相拥,我只从其中取出一点甜
一只碗不会拒绝盛下人间团圆
春天,从谜语里伸出一只耳朵——
元宵在轻叩正月十五的碗

春回

一些绿,一些红
还有一些山清水秀
都回来了

一颗颗新的子芽
水作的诗歌
在春的伏笔下
也都回来了

可是,在这样的一个春日
流失的土地,古老的炊烟
干涸的河床,飞翔的鸟儿
怎么都不肯回来?

春天,我也想绽放

剪发。红袄。绿裤。
在返青的小草间,犹豫着加入春天
与南来的燕子叙叙旧
让一只蝶初惊作飞动的花
这时节万物欲动,待发
风一寸寸推着寒冷过河翻山
春暖情长的日子,宜折柳上路
断舍离后身心就轻了
春天,我也想绽放
姐妹们,我们一起盛开吧
与春天一样纷呈瑰丽

三月虫事

月在一株树上打坐
我在围着树读月。度过了
春天的一个时辰

那时,我刚好徘徊到一丛花旁
一声清脆的虫鸣突然闯了进来
接着几只在草丛里和
它们在我和花之间飘来飘去
穿透了薄薄的三月

冬眠的它们,是什么时候醒来的
扪心自问——
我总是记得那声春天的惊雷
而忽略虫豸的萌动
却常常被后者触动

画一轮故乡挂心房

这些年,月亮一直跟随着我
走南闯北,酸甜苦辣遍尝
也不知道中秋的月亮,是否原谅我背井离乡
团圆是谁的,敢想不敢回的家乡
多少次梦里风尘仆仆推门喊着爹和娘
惊醒后,泪珠爬满脸庞

此时,嫦娥是不是在提着星星巴望
吴刚的桂花酒里会不会有一缕乡愁
等流浪的游子,对酌畅想
故乡的炊烟还在飘荡吗?
那洞穿心扉的竹笛声
还能不能千里绕过十六的山冈

泊在他乡,十五的月亮
是一面镜子照出相思、三情与相忘……
家里的月亮圆了
有谁会喊你回家吃饭
回不去了,就画一幅故乡吧
挂在祝福的心房

吻月亮

今夜,我什么也不做
不写诗,也不酌酒
把拥挤的日子,散开
在离你最近的中秋
月亮,我们相爱吧

生活是自己创的
内容永远在形式之外
时间变得强大的时候
问题就简单

以心脏为轴,以意领气
把脑中的松果打开
让肽回复愉悦
月亮,我们一起把纯美养在地球
让天下的人,一抬头
就能吻到

月光呵……

在尘世，守不住一抹月光
比如爱情
忍看人生残卷
我比秋天失去了什么

累了
可惜，我不是一枚红果

那夜

那夜
月亮不敢出来
怕见你绯红的脸颊
那夜
星星也不敢出来
怕被你明亮的眸子灼热
那夜
昙花一现,在夏天来临之前
准备好一个答案

今生太近　来世太远
不是每个人都能跨越生命的季节

那夜
时光老去,只留下不变的心跳

今夜……

今夜,我
把悲愁。幸福。泪水
和快乐
甚至错误
放进月色里

今夜,我
收留一头牛,三只羊
黎明之时
捧起鸟鸣,撑开花朵……

炉火

把自己烧红
到最深的疼痛
听不到噼里啪啦的喊声
尘世飘满星星

静坐
不添柴
不脸红
千里之外的烟火
如我
袖手

火焰
灶壁
孤男寡女

两滴水

是谁,在红楼的梦里挑灯吟唱
携一支秃笔,写尽山水
那命中的二女子
一个泪水研墨,一个诗上添花
这满池骤起的波澜,需要我点透吗

其实,她们只是唤醒了夜读女人
水做的骨肉一些异样疼痛
而灵魂还在故事里徘徊,徘徊
妄想替真爱找一条出路

时间轨迹

夏至第一候：鹿角解

应是身体的峰峦与季节感应上了
初现的时候，你便头顶锋芒从本草里走
大雨还没有来，百鸟婉转，花朵在草木上打坐
起风了，风带走一些故事
却带不走故事里的静水流深

灵魂，被诗挡在尘外
既然，祈祷是无限的
那就献出自己的灵气
去给男人壮阳，去给女人补气血

好像找到心灵的草原
潇洒卸去诗的茸，拆掉三世的痛
那将是一处理想的沼泽地
我甘愿陷进去。躺在水草、石头和野花上
当蛙声唱醒田园的星星，我就在月亮船上荡秋千

啊，萤火虫提着比喻来了
我空空的大脑正好盛下夏夜舞台
时光伸出双手与阴盛阳衰一道，磨去棱角和尖锐
一点点地磨去暑气。浮躁。不甘

我相信,我自己也是一头鹿
在缪斯的森林,在背井离乡的路上,最需药的病体
发出那种纯粹的
鹿茸的药劲

辑三 月色惊梦

夏至第二候：蝉始鸣

歌唱得像经文
心情像你写完一首诗的那一刻
蛰伏了四年的呐喊：知了，知聊，智疗

满树是缭绕的盛开声，次第飘落
你听到了心的怦怦
——那么多的激情在叩首
一蝉唤风，千蝉唤雨

群鸣再一次横穿山水时
我用内心的火亮出昙花一现

夏至第三候：半夏生

沼泽。水田。都是出生地
籍贯在《本草纲目》里怀抱神的花蕊
守田会意，水玉因形
多一点都会致哑致命

三步跳，跳出了三生
半月莲，也是莲。一旦开口梦也潮湿
爱与恨已经结束。你不是蛇妖，是草
燥湿化痰，是谁的地文
和胃止呕，消疖肿才是我的半夏锦年

时间轨迹

春天被北方迷住

燕子起身,向北兜售一路春风
一朵迎春把请柬送给杏花粉白
红杏还没过墙,鸭子却被惊动
桃花仙子一眼就破译了烂漫的秘密
摊开一树的兴高采烈

孩童折柳成音
草木转发繁荣
一河心动
谁在北方的疆土,被春风收买
批发自然诗与地理画
为了这未了情缘

高山挡不住,密密麻麻的高楼挡不住
排列组合的长短巷醒来了
蝶蜂轻提鸟鸣,洒下多彩的香气
春光深处一双红酥手抚弦,高山流水
奏一夜春雨如酒,万物皆醉
千红的花,万绿的地
一个身影,竹马复活
——都是灵魂的表白和皈依

春水赋

是水,亦不是水
很容易被刚柔的目光噙住

河水涨汛,在季节里糅进太多美好的词曲
甜蜜的浓度,刚好盛下天马行空
大地举起,好像是与日月碰杯

杏花,已在某一时段里酿成酒
渐渐藏匿于深深的巷子
还是那么香,还是要向着故乡的方向拜三拜
再喝下去。醉了就上树爬墙远望

夭夭桃始花,拟是滴出水来
离人岸边,青山岂能遮住醉眼
千里之行是去续新的故事
谁说的"相见不如不相见"

梨花带泪,早上替古人哭完
午后,伊人的脚步就慢下来
往事纷飞如梨花落
月夜,新人只做她该做的事

时间轨迹

春雨在路上,用贵如油的方式
种下千丝万缕的情话
一滴一滴悄然掀开万物的面纱
对于盛会,它一定蓄谋了很久很久

春水,守住春天守住一年之计
立春雨水惊蛰谷雨……翻来又覆去

被春雨淋湿的守候

想起惊蛰,故事里便有一场春雨
淅沥。种下的情节冒出了嫩芽
风不急,大地熟读出
一段新鲜的人生,托着时光的命格

我所了解的雨水,各自找到了落脚
它们都下到了该下的地方
别说破,冬日辽阔
那些幸福的种子,刚刚站在雨里的感受

阳气从地底回

昼长夜短,没看出来
我是一个高度近视的人
生活在长明灯下,只看到眼前的事情
像陀螺。对黑白界限不敏感

冬尽春生。万物有灵,从今阴屈阳伸
孩子们开始掰着手指头,盼年
而我,面对虚了一岁忐忑惝惶
一个人最尴尬的事,就是
白发增长,梦想无成

饺子是有记忆的
每年都在此时,来度北方的冬天
且会记得每一个恋旧之人
一盘饺子下肚,暖尽红尘数九寒
罢了,卸下头顶的"鹿茸"
静待心底的泉水叮咚——
我的春天从冬深开始

烟火人间

把灯红酒绿还原成地摊经济,摆开
一条生活的长龙,在街上蜿蜒
起伏烟火。人间的夜晚
一声声吆喝,无数句里提取柴米油盐
摆地摊的,女人与男人交换着话语权
买与卖,流通着汗水的盐
一群人走着走着就走到了夜的深处
再加把劲儿吧
就可奔黎明了

谁能为一只鸟儿疗伤

鸟的梦里谁来过,捡拾到镜子和帝国
谁的梦里鸟飞过,留下抹不去的痕迹
一只鸟儿的忧伤,飞在尘世最低处
风吹拂下的春天,万物皆有喜雨和希冀
谁会在意笼子里囚禁的翅膀
为谁扇动无数次的昼夜温差

一只鸟儿的歌,谁能听懂
是为草木、天蓝、海阔,还是为什么唱
既然我们都爱过天空
为什么不放过飞翔一马
当鸟鸣打开含苞的生活
你左手接下尘世烟火
右手可否放出一只明码标价的鸟儿
疗去内伤外伤

陪母亲晒太阳

午后,母亲静坐阳台
在花丛前微闭双眸
嘴中哼着小调

五月的阳光,梳理着
母亲脸上那条条沟痕
笑容在红肥绿瘦里
穿过寂静的心岸

悄悄坐到母亲身后
伸出双手敲打着
母亲瘦小的肩。轻轻地
时空游走,蒙眬中
我又回到了童年

时间轨迹

酒是重要的药

星光浩茫。炉火开始工作
一弯新月像藏在天空中的丘比特
射中一段温润惬意的时光
身居阳台的我,慵懒地躺在躺椅上
左手握一瓶酒
右手持一本书

拾一朵万家灯火
串起节气的小令
飞萤扑火,梨花渡雪
美酒明月伴我诗里还乡
酒是重要的药,解了我的忧和乏
让莽撞的思,跨上夜的马

每个人都有一首读给故乡的诗

月下。散步。酿诗。
树为狼毫,河是墨无须研
城中的热闹,我视而不见
路隔减河,没有桥和船
绕过一块又一块绊脚石头
我丢下一些长短句

看万家灯火倒映,仿佛渔火
粘着的童年,涟漪那些
远去的快乐与时光
此刻千帆过后的静,星星也不能道破
声音也都睡去了

月如钩,钩住了什么
会不会掉进某个人眼里拔不出来
夜是没有边界的
风把荷香抱到各个角落
把那些零落的绿叶笺,散发远处
而我的诗,没有人来诵
我也从不读给别人听
除非我的故乡

点灯

点一盏灯,挂在树上
照亮自己,照亮大千世界
一直照到三有顶,照得五蕴皆空

一盏变千千万,它们穿越时空
游走,守着一条路
用智慧的光明度一切苦厄

谁在黑暗发出稀有的光,咽下八难
有人扶盲者过桥,有人搀起摔倒的老人
有人把共享单车扶起……
世间变得明亮
日子开始柳暗花明,满眼都是莺歌燕舞
这时候,我才肯说出我们是点灯的人

一无所知的夜

白天走失的人
正在我的梦里渐次返回
像一只口衔碎石的精卫
用记忆中那些生活的细节
一点点填平我恐惧的大海

我思虑的海沟越来越浅
浅到只用一盏如豆的油灯
就能照亮游动的鲸鲨，隐藏的岛屿
这使我睡得更加沉稳

甚至都错过了
岸上的昙花开绽，天空的石头陨落
灯火继续在万家游荡
我度夜，它却一无所知
夜度我，不知是否用了度一个罪人的力气

像一条鱼一直没有等来
没有鱼饵的钩，我一直没有等来
一座梦里城市的打更声
夜依然一无所知
我依然要在早晨醒来

埋伏

这样的日子，不只读书工作睡觉
高兴的时候，也可以
给一缕花香找家
给一声鸡犬蛙鸣开路……

这大好的春光对我有特殊的意义
写呀写，写得
布谷，在一片金灿灿的麦田
把我从梦中叫醒
手把镰刀，弯腰割麦
一刀一把快乐。我坚决不承认
那是另一个我。藏在泥土里
春天一来就生根发芽
长成我的——

春天像故事一样

春天像故事一样写满小城
我坐在城外一块石头上,北望
作为思乡的背景
等待一个人,等待一壶茶
等待蝴蝶捎来杏花的消息

往事一老,都成了月色
活着总被春天唤起
多么庆幸,为冬天死去又为春天活过来
过去的就过去吧,未来还有好多事要干

阳光,以笑脸的姿态
介入中年,现代性的寓言
流转。这多么像光阴
围坐风景的原始里,沉醉

春天,需要怡养
懂得坚持,便是最体面的胜利

春天的绿

旧时柳笛。桃花红。风筝摇。
那些都要,也可以偏心
——童年
借一方春景,在还魂

绿,真霸道。或为树木,大地,远山
那一片悠闲时光分明也是绿的
心若不老,绿往心里沉
做一个人故事的主角

把自己活成一块春天的绿吧
跟着万物行走在季节里
有绿在,就不怕春天走了
再走,也走不过绿啊

定风波

这么多年,你还生活在古诗词里
并对词牌新解,当然还有外延
定风波,是你躲不过的一劫
为了那些爱,你不得不一次次熬夜,受难
让爱情水调歌头

是什么,让你跟别人不一样
日子,一半随清风一半入江湖
还好,你活得很快乐
不依靠别人,不讲究富贵
出没在风波里,心比闲鹤

元宵节

少不了的花灯,要闹闹
雪打灯盏是我向往的好景
从小到大都喜欢在花灯上猜谜寻故
只要有花灯,那些传说
就会被雪花和星星签收
寄给远去的童年

少不了的元宵,摆上餐桌
各式各样的味道,像生命的多彩
吃不吃都是对生活的爱
酸甜苦辣咸样样都尝过
是不是才能圆和满
最难忘的是,一个人躲在巷子深处
揣着团圆——
向着故土,放声大哭

辑四 花语蝶影

枝头的花都开了,你却迟迟不开

枝头的花都败了,你还是不肯开

直到有一天,你的果实落下

砸痛了那些疲惫的目光

人们才明白,其实世上还有另一种活法

——《那朵》

桃花之前

要睡着的时候,梦就醒来
导演一场春天的事

惊蛰一响,万紫就千红了
你要备好美酒与琴弦
备好春光春色,引诱我
越过世俗,沿着春风走过去

我要,先于桃花半步
把桃花运来帷幔
桃花劫,砍掉两截
桃花符,点上三遍
只留下整个桃花源

亲爱的,我要送你一小朵春天
以及所有桃花的誓言

时间轨迹

桃花的姿势

春风转过身来的时候
你动用一生的柔情，打开自己
娇媚，在清纯的笑靥上
字字句句都是唐诗宋词
粉色的花事，遮住尘世的是是非非
醉了春天的眼睛

梦在树之下
想象在花之上
我知道，其实
你什么也没有想，什么也没有说
只用一种姿势，隔着彼岸的时光
静静地带走一点点，一点点
属于自己的秘密

等爱的花朵

一朵花的美,有多深
外衣沾着春风
心便向着春光打开

像命运的暗语
紧捂伤口
尖锐的痛深入灵魂
短成一朵花的等待
渴望就在瞬间

桃花姬

春雨迟来的时候
你已把人间爱了一遍
万朵桃花你是最先涅槃的那个

越过荣乌高速，翻过金石山
在一座城外环以西的镇上
你拥有"十亩桃花，万家酒店"
那个桃花潭，不及子牙河深
实际在你眼里已造出一眼清泉

另一个黛玉，背着花篮走来
面相上有桃花运，桃花劫
交替出现
当桃符与人面桃花邂逅
会有白马走来，王子落单
被神箭射中的桃花
与我无关

桃花姬粉成蝶——
"是左右逢源，还是去桃花源"

与一朵花交谈

用洗净的自己
展开掏空的心
接近一朵十七八的美

世俗里你自性自度自成佛
去超度一个世界的人心
这时间
爱是如此
情长命短

就做一朵迎春的花

这样多好，我就是春的一员
把最美的一面展现给世界
我明白，我已到做奶奶的年纪
我也明白，我那年轻的心会在春天醒来
心里的春天恰好和现实的春天对称
不只春风十里，且有倒春寒
那么，请允许我
追着春雨自酿一次花好月圆
情真意切迎着春光，真实地活过
并为春天留下一朵盛开的自己

那一刻

如果,如果
你在春天,春天之外
与那些花香,一起和我的肺腑商讨
置换掉一粒粒凡尘
沿着这缕香,找到世外的静
所有仁慈复活,所有罪恶闭上眼睛

当风控制不住雨的感情
桃花一朵朵
从世间跌落
只剩下惆怅
守着这一朵

时间轨迹

四叶草

我相信这祝福就在我身边
驱赶着狼外婆与《白雪公主》里的女巫
多少年过去了,我还在这里寻找
只是身边多了一个女孩陪伴

找得太久了,我们就变得四叶草般
给拾荒者送去衣物,给冷漠的面孔笑脸
给老弱病残让座,给急行的人让路……
这多好啊!找四叶草的路上
我们学会了善良和博爱

蝴蝶兰

当我选择爱上你
便选择了化蝶
用行动告诉世人
我是兰不可分割的半个

当你选择爱上我
便选择了化为兰的身
在茫茫人海里
只引我这一只蝶

爱就是
你心里有我，我心里有你
来世也恋着

繁缕

你是谁的繁缕
更像是我的贵人
一路陪伴,一路扶持
为我疗伤止痛,清除心中的毒
搬走生命管道里的绊脚石

谁知你是圣卡西密尔派来的花仙子
谁就会看到三月四日的生日派对
得到一群朝拜信徒的祝福

一朵又一朵,一地又一地
传说里结满雄辩的言语
让自己快乐,让周围的人快乐
绝对比金钱有价值

透骨草

当诗歌与透骨草配伍
喇叭一样的白花开在心底
成串成串的光芒挂在山谷或林里
记事不结绳。总有一些心绪
从穗子里长出来,贴在人生的痛处
让肉体与灵魂同步健康
株行联手,优势互补
还有什么毒是不可攻破的
风雨中可面带微笑
黑夜里即用一阕诗迎接黎明
泪水滴后咽下潮起潮落
或静静等待老虎驮来落日
月亮上的吴刚捧出那坛老酒

时间轨迹

马鞭草

我愿意追随一尾马鞭扎根草丛
拐进《本草纲目》
学涅槃的蜻蜓,不点水
去驱虫散瘀凉血清热解毒……

我不像一些古人奉在床前以解病魔
也不像一些今人大量种植
我还希望让草本文艺
对吸血鬼克制

当马鞭,抽响
花开找回大地的爱
一棵普通的草
躲在角落,为尘世疗伤

美人蕉①

你叹了一句美人儿
美人就不见了,留下绿裤红袄
一些故事接踵而来
远方的姐姐告诉你
辽源是她现在的家

然后,你微信问朋友
要一张美人鸳鸯照,双色的
朋友不解,发来一个捂脸表情
你只不过叹了一句
西嘎固②就把美人关起来
让她去行医看病

注:①美人蕉:辽源的市花。
　　②西嘎固:药典。

在瓶子里养一枝薄荷

我不会占为己有
叶子分享给邻人,清凉分享给朋友
在这个炎热的夏里
用薄荷茶薄荷粥薄荷酒招待远方的客

她可以
清晨,睡个懒觉
中午,读读书
晚上,看看广场舞
不需要挣钱养家,风雨里辛苦
但不可以无所事事,家长里短
她要爱家人,以及家人的家人、朋友
生儿育女,相扶相携……

不知道是不是我想的样子
薄荷根本不理我,该长叶时长叶
该开花时开花,像池塘里荷的妹妹
与我始终都有一段距离

夏夜,画一枝荷

天空,星星都睡了
阁楼里诗歌正在虚构一场夜渡
窗外的池塘,平展如镜
七棵树的倒影一动不动
树下丛草稀疏仿佛某人的心绪

没有行人,没有荷花的池塘
失去了诗眼与佳句
一尾游在夜里的鲤是多么孤单
我拿起写诗的笔,画了一枝荷
婷婷立在微澜的池塘里

我吃过龙葵

我吃过龙葵已经好多年
在那个物资匮乏的年代
我们一群孩子遍野寻找,这紫色的甜
小渠边,庄稼地,树林深处
都留下了我们的幸福

我们不知道这些野葡萄,小毒
只是当作一种水果,解馋
不等完全熟透,我们就摘下来分享
吃得满嘴麻木
我们像龙葵草一样,沉不住气
秋天一过,就盼春天

如今,城里的我还是向往那些日子
总跟孩子忆苦思甜
孩子不屑,认为我更年期提前到来

路边的马齿菜开花了

像我。从乡间到了城里
一寸土,一滴水
就能在水泥地的空隙生存
躲过雨躲过雪,只等那阵故乡的风

也像我,再也回不去村庄
泊在流浪的地方,药食两用
伏下身子,把根扎下去
母亲,条条溪流归大海
总有一脉来自远方的故乡

屋前屋后的蜀葵

这些有人种无人管的一丈红
也有白、粉、黄的时候
根本不需要施肥，浇水，剪枝
它们照样开得惹人喜爱

每天，它们都在等风来
穿过高高的院墙
穿过望眼，带走梦想
这多像，留守儿童
蜗居故乡，守住一个家的样子

梨花月白

梨花安静着
从枝头搂住几分潮涌
思念沉迷,把月色挤出体外

晚风袭来
飞花乱了寂寞
白了的心事
就写在山下的树林

把说留给风声
把唱留给鸟鸣
而自己只留下清白

时间轨迹

海棠,在一切思念之上

每朵海棠都有一个梦
无论是在玉盆,还是在墙外
当冷艳遭遇喧哗
太阳根本无法读出它
只有月亮才能亮出,那些
不俗的伤和痛

在一切思念之上,还需渲染吗
梨花的底气,梅花的魂魄
只一朵便是易安的境界了
一醉千古,这所有人
都能看懂的——
《诗经》

脱胎于凡尘,又深谙凡尘
真正的香,是闻不到的
在悲喜里,在离愁别绪里
那些通透
一两朵就足够……

分朵的诗句,押韵、对仗

你要留白,还要妖娆
仙境里爱了一次
凡尘里红了一次
那迷失的良辰
那端庄的温和
那些被富贵零落的美……

母亲的米兰

香都在诵经

痴呆的母亲,没有偏见
我却在心里整天地阿弥陀佛

没有米兰的日子
陪着母亲笑,陪着母亲哭
天长日久
我的膻中穴上长出一枚痣
红红的

夹竹桃

这花有毒。母亲说
可我为了美,涂上指甲
母亲擦,我涂。擦来涂去
我长大

那毒,能叫人失去知觉或死亡
我想象着,弱不禁风的我
肉体和灵魂,扑通一声倒下又站起

多少次啊我在死中复生

夏日的虞美人

不只是在乌江
乌江已在一出戏里沦陷
还有我门前的那条没名的江
一到夏日虞美人们就把自己牧到岸边
按捺不住冲动,反复开放
我不是项王,她们不会为我刎剑
而我,只会暂时停下脚步
我们对望
谁也不提江东父老
一段唱词轻轻和上最痛的一句
美人失语,将一生放下
我转过身去,泪滴在水域

使君子

若干若干年
你看病行医,救过若干命
功德圆满,开红花结菱形的果
你为刘禅驱除肚里的蛔虫
你托体郭郎中号脉,诊病

若干若干年后
你穿着白大褂坐在我的眼前
望闻问切,把四粒白仁送我
治疗我顽固的脚气

雁来红

你有好多名字
可我只想叫你这一个
多少年了,雁鸣嘎嘎
雁影拂尘

似花非花
你的深情,在红里
我的红,只为雁来

不媚俗,不张扬
直到有一天,相依的感觉
跟着雁的影子出逃

悬崖上的射干花

射干住在悬崖上,一定有故事
花一开,山下的人都知道了夏的消息
山顶上的老鹰还在观望
瀑布丈量着一座山的高度
它们是不是想把射干带到远方
云朵不会告诉我

悬崖,勒住山这匹野马
紫蝴蝶无须飞
万物已在脚下。别怕
鬼扇子只扇走邪风,不点燃虚火
来来来,让你为我
消消喉炎,败败肝火

兰草之恋

很希望像兰草一样活着
不说话，也能表达君子之求
写兰章，交兰交，为兰客
春风来，摇曳着郑文公和燕姞的恩爱

可闹市里养活不了山里的兰花
我顶多是城中胡姬花妹妹旁边的茅草
只是借用"兰草"来爱一爱
假寐在尘世的——
那缕蓝蓝的思

淳羽富贵①

低头时,蝴蝶亲吻在牡丹上
春天的礼节。锦鸡携一朵祥云
围着盛开的水仙,欲言不言
把春天都惹花了

这不是梦。这是蓝鹊在向牡丹诉说
声音,婉转而动听
就连旁边摇头晃脑的竹子
也相信了友情

一只螳螂小心翼翼
从一块石头后窥探
什么时候学会了不近不远地
接近热闹

牡丹争艳,挥毫的是富贵
水仙泼墨是内心的红
玉竹婷婷擎起鸟鸣花香蝶梦
就连石头,也在明媚里变暖

是祝愿喂饱了满园春色

还是春色满园形成了祝愿
到底是春色关不住
祝愿了有缘的人

注：①淳羽富贵：画家刘会的一幅画。

曼陀罗

大毒。五颜六色的花
我只喜欢取一朵白色
笑,小笑大笑
像怀抱彼岸花一样
迷离时光,未来薄薄的希望
我看到,我的内心不再有阴影
那些固执、沉默和寡欢迸发出门
整装,用真实的世象
融通所有的禅圆
留一些时间给相忘
留一些时间去爱上苦和痛

时间轨迹

天堂鸟之花

天堂的鸟落在凡间，不想再飞
我相信这只仙鹤爱过
你看那抻长的脖子，从未停止
昂首远望那株心爱的兰

我想用鹤望兰试着理解幸福
试着理解诗歌是如何长在我的眼里
快乐地盛开妩媚的花朵

还魂草

魂在来世，身在今生
还一手一个不肯放开

那些传说终于败给最高的圣母峰
白蛇采过后，那隐秘的石头
开出了花，万古长青

有爱的沙漠，允许玫瑰万岁
允许凤凰五百年投身烈火一次
允许涅槃的凤尾，祛百病
允许我采一棵
在向阳的人间石缝，举起铁拳头
去救一个来世的情人

九里香之恋

遥望,我们站在对岸
你举着好多小花伞,我举着好多小花伞
第一枝断水
第二枝掌船
第三枝当作橄榄枝
我们总想漂流过海相聚

一路上,需绕开白粉
斗败红蜘蛛,赶走天牛
至于那些金龟子、凤蝶和叶蛾精
一招一式,也不可掉以轻心
九九八十一难我们也不怕
我们是九里香,香九里

后　记

当写诗成为一种习惯

为什么要写诗呢？

这个问题，真的是"一千个人眼里就有一千个哈姆雷特"的答案。

朝起临商海，暮归种树田。每当闲暇，打开电脑登录自己的博客，就有一种写诗的冲动。在属于自己的时间里，我不知道除了写点东西，我那笨拙木讷的大脑还能干些什么？如果说博客是块自留地，那么在这方寸间的自留地，我诗歌的苗圃是最灿烂的一畦，在风雨中毫不动摇地生长着，生长着……

我怎么也没有想到会走上写作这条路，写作只不过是我业余中的业余。我不喜欢串门，不喜欢热闹，不喜欢看电视、唱歌、跳舞、摄影、画画也不会，烦闷了只好涂鸦一些东西，用以寄托情感和聊以自慰。

韶华荏苒，岁月峥嵘。习惯了一个人在诗中随意畅抒自己，任时光流逝，岁月匆匆，却不在乎所有人的目光和善意的议论，更无暇顾及那些恶言相讥。无数次的颓废和徘徊，直到可以淡淡地写下一行行所谓的诗。而我的诗歌发表可追溯到1997年香港回归时，发表在《开拓者报》的一首诗歌——《母亲，我回来了》。

有人说，我的诗和我的散文比起来，还是散文写得好。散文写得生活气息浓，意境美，感悟深；而我的诗歌呢，太直白了，就像我这人一样，直得让人有些受不了。有的人更是好心地劝我放弃写诗去写散文。我不止一次听到这种劝说，但我还是如此执着，如此痴爱。只有我自己明白，我只不过是用另一种形式，在短短的瞬间将我生活中的片段记录下来，以此证明自己还活着罢了。

　　人总得有所追求，事业也罢，爱好也罢，总该有点精神寄托，总得往高处走。有时你不走，别人也会推着你走。人并非完全属于自己，有时自己也不能支配自己，就像沙漠里的一粒沙子，被风刮来赶去。

　　诗歌是用心、用脑、用情结合的思考体；诗歌是我最简短、精练的心灵倾吐和表达方式；写诗就像是种庄稼，一分耕耘一分收获。但也不是开花结果就有好收成。

　　夜里，我排列组合一个个文字，种下活蹦乱跳的乡愁，丰登月缺，添花月圆，点亮一盏诗的灯，照亮流浪的梦。我是过于精神的夜猫子，减了又减物质之爱。相对那些白天，更喜欢把暗夜戳出窟窿。码字的长城，让思想锋利带剑有刀性。网络上爱打抱不平，杀人的恶，救人的穷……

　　有时过激，怀上大海的汹涌；有时过于认真，人生的小船说翻就翻；有时言此意彼，在网络里虚拟自己……

　　而大多数的时间，一草一木都在笔下仁慈、欢愉，一山一水都有泪和梦。跟随着星星驾驭人间烟火之上的爱，永无止境，像一棵草摇曳着卑微的灵魂。有时，无法承受生活之重而悲伤、愤青；有时，放大落寞和三情，低微而高贵……

总是在写诗，又总是在发表的路上。

是的，每个人都有自己写诗的理由，我的理由是我用此来证明我还活着。我不需要出名，但我需要倾吐和表达。从诗歌的仿写开始，到初见成绩，再到以后的逐渐成熟，我的诗歌终于走出了一条自己的路。于是我也终于明白：当习惯成为自然，就可以影响一个人的一生。

那么，就让写诗成为一种习惯！成为我人生路上最旖旎的风光，带给自己和大家一些愉悦吧！

孟宪华

2023 年 10 月 18 日